Die Arbeiter im Weinberg

AF178425

Reihe: Was uns die Bibel erzählt

Gott liebt alle Menschen.
Er hat alle gleich lieb.
Jesus erzählt dazu eine Geschichte.

Ein Bauer hat einen großen Weinberg.
Die Trauben sind reif.
Er kann sie nicht allein abpflücken.
Er braucht Arbeiter
für seinen Weinberg.

Er geht früh am Morgen
auf den Marktplatz.
Da stehen Männer.
Sie haben keine Arbeit.
Der Bauer sagt zu ihnen:
Ich habe Arbeit für euch.
Kommt! Helft mir!
Ich gebe jedem ein Silberstück
für den Tag.
Die Männer gehen mit.

Mittags geht der Bauer wieder zum Marktplatz.

Da stehen noch ein paar Männer.
Er sagt: Ich habe Arbeit für euch.

Der Bauer braucht noch mehr Arbeiter.
Nachmittags geht er wieder zum Marktplatz.

Da sitzen immer noch Männer herum.
Niemand hat ihnen Arbeit gegeben.

Der Bauer sagt:
Ich habe Arbeit für euch.

Kommt in meinen Weinberg!
Helft mir!

Es ist Feierabend.
Der Bauer sagt zu seinem Verwalter:

Gib den Arbeitern ihren Lohn!
Gib jedem ein Silberstück!

Die Letzten kommen zuerst an die Reihe.
Jeder bekommt ein Silberstück.

Die anderen denken: Wir bekommen mehr.
Wir haben mehr gearbeitet.

Die anderen bekommen auch ein Silberstück.
Sie sind unzufrieden. Sie schimpfen.

Einer sagt zu dem Bauern:
Warum bekommen die anderen
genauso viel wie wir?
Das ist ungerecht!
Wir haben länger gearbeitet.
Wir waren vom Morgen
bis zum Abend im Weinberg!

Der Bauer sagt zu ihm:
Ich habe dir ein Silberstück versprochen.
Du hast dein Silberstück bekommen.
Warum bist du unzufrieden?

Der Bauer sagt:
Sei doch nicht neidisch!
Ich will allen gleich viel geben.
Es macht mir Freude,
zu schenken.
Freu du dich mit!

Jesus sagt: Gott liebt alle Menschen.
Er hat alle gleich lieb.

Nachwort für die Erwachsenen

Das ist für Erwachsene wie für Kinder eine anstößige Geschichte. Wer kann nicht mitfühlen mit den Arbeitern, die schon früh am Morgen begonnen und in der größten Hitze ausgehalten haben? Wer würde nicht mit ihnen denken: »Wir bekommen mehr! Wir haben mehr gearbeitet!«

So denken wir Menschen und so haben wir unsere Arbeitswelt eingerichtet: Leistung soll ihren Lohn haben. Wer nicht arbeitet, soll auch nicht essen. Wer mehr arbeitet, hat einen Anspruch darauf, dass er auch mehr bekommt.

Jesus will mit seiner Geschichte nicht eine neue Tarifordnung einführen. Es ist deutlich, dass sie ein »Gleichnis« ist, das auf etwas anderes hinweist. Wem hat Jesus dieses Gleichnis erzählt? Es sind Menschen, die wie die Arbeiter der »ersten Stunde« von Anfang an dabei waren, die sich von Jugend an darum bemüht haben, Gott zu dienen und seine Gebote zu erfüllen, ein Leben zu führen, das ihm gefällt. Vielleicht haben sie sogar in direkter Weise »für Gott gearbeitet« wie später christliche Evangelisten und Missionare, die nach einer Redewendung, die aus dieser unserer Geschichte stammt, ihr Leben der »Arbeit im Weinberg des Herrn« gewidmet haben.

Und nun bringt Jesus andere hinzu, die bis jetzt nur für sich selbst gelebt haben, »Zöllner und Sünder«, die sich nie um Gott und sein Reich gekümmert haben. Manch einer bekehrt sich noch in letzter Stunde, vielleicht auf dem Sterbebett. Und mit dem sollen wir zusammen an Gottes Tisch sitzen, als wäre da kein Unterschied? Es kann doch nicht umsonst gewesen sein, dass einer ein ganzes Leben lang sich nichts Gutes gegönnt und die »Hitze des Tages« getragen hat! Gott muss das doch anerkennen!

Jesus setzt die Leistung der Tüchtigen, die Opfer der Frommen nicht herab. Aber er trennt aufs Entschiedenste Leistung und Lohn. Unterschiede unter den

Menschen müssen sein. Aber es gibt einen Ort, wo sie nicht mehr zählen. Vor Gott sind alle Beschenkte, auch wenn sie »hart gearbeitet« haben. Und deshalb sollen sie auch untereinander nicht mit ihren Leistungen auftrumpfen.

Es fällt uns schwer, das gelten zu lassen. Kinder insbesondere haben ein empfindliches Gefühl für Gerechtigkeit. Dahinter lebt das Verlangen anerkannt und angenommen zu sein mit dem, was man ist und tut. Jesus sagt: Jeder ist angenommen. Er soll nicht denken, das habe er »verdient«. Wenn er sich neidvoll mit anderen vergleicht, schließt er sich selbst von der gemeinsamen Freude aus.

Und bekommt nicht auch Arbeit einen ganz neuen Sinn, wenn sie nicht mehr getan wird um sich auszuzeichnen, sondern um etwas zu tun – und gut zu tun –, was nötig ist? Wenn ich im Weinberg Trauben lese, tue ich es, damit Menschen Trauben essen und Wein trinken können. So sollte es sein. Und so sollte es auch sein, wenn einer sich um ein frommes Leben bemüht und Gottes Gebote befolgt. Für wen tue ich das? Für mich? Für Gott? Für den Nächsten? Gottes Güte befreit dazu, das Gute um des Guten willen, das Gute aus Liebe zu tun.

Die Geschichte von den Arbeitern im Weinberg steht im Matthäus-Evangelium (der Guten Nachricht nach Matthäus) Kapitel 20, Vers 1-16.

Reihe: »Was uns die Bibel erzählt«

Die Bilderbücher dieser Reihe gibt es zum Teil auch in größerem Format mit festem Einband. Im kleinen Format wie das vorliegende Bilderbuch sind folgende Geschichten erschienen: